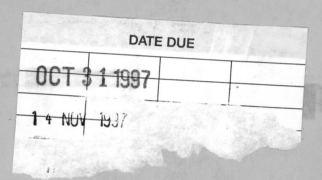

# RICITOS DORADOS
## Y **LOS TRES OSOS**

Adaptación e ilustraciones de
# JAMES MARSHALL

Traducción de Osvaldo Blanco

Dial Books for Young Readers • *Penguin Ediciones* • *Nueva York*

• *A Trevor Brandon Johnson* •

Publicado por Dial Books for Young Readers/Penguin Ediciones
Divisiones de Penguin Books USA Inc.
375 Hudson Street • Nueva York, Nueva York 10014

Derechos del texto y las ilustraciones © James Marshall, 1988
Reservados todos los derechos • Impreso en México
Tipografía de Jane Byers Bierhorst
Derechos de la traducción © Dial Books for Young Readers,
una división de Penguin Books USA Inc., 1996
Traducción de Osvaldo Blanco
Primera edición en español

1 3 5 7 9 10 8 6 4 2

Library of Congress Cataloging in Publication Data
Marshall, James, 1942–1992
[Goldilocks and the three bears. Spanish]
Ricitos Dorados y los tres osos /
adaptación e ilustraciones de James Marshall;
traducción de Osvaldo Blanco.
p.   cm.
Summary: Three bears return home from a walk
to find a little girl asleep in baby bear's bed.
ISBN 0-8037-1990-6
[1. Folklore. 2. Bears—Folklore. 3. Spanish language materials.]
I. Title.   [PZ74.1.M34 1996]   95-22739   CIP   AC

Edición en inglés disponible en Dial Books for Young Readers.

Cada ilustración se llevó a cabo con tinta y acuarela, selección
de color y reproducción a todo color.

Había una vez una niña llamada
Ricitos Dorados.

—¡Qué niña encantadora! —dijo
alguien recién llegado al pueblo.

—Eso es lo que usted *cree* —le
contestó una vecina.

Una mañana, la madre de Ricitos Dorados
la mandó a comprar bollos al pueblo.

—Debes prometer que *no* tomarás el atajo
a través del bosque —le dijo—. Dicen que
hay osos allí.

—Lo prometo —dijo Ricitos Dorados.

Pero, a decir verdad, Ricitos Dorados
era una de esas niñas traviesas que siempre
hacen *exactamente* lo que quieren.

Mientras tanto, en un claro
de la espesura del bosque,
en una hermosa casa toda de ellos,
una familia de osos pardos
se sentaba a desayunar.

—¡Aayyyy! —gritó el gran Papá Oso—
¡Esta avena está hirviendo! ¡Me he quemado
la lengua!

—¡Me muero! —gritó el Niño Osito.

—Bueno —dijo Mamá Osa, que era de
tamaño mediano—. ¡Basta ya de tonterías!

—Ya sé —dijo Papá Oso—.
¿Por qué no damos un paseo
mientras se enfría la avena?
—Magnífico —dijo Mamá Osa.
Entonces montaron en su vieja
bicicleta y se fueron pedaleando.

Tra la!

Momentos más tarde
llegó Ricitos Dorados a la casa
de los osos. Ni *siquiera* se
molestó en llamar y entró
directamente. Sobre la mesa
del comedor había tres
tentadores tazones de avena.

—No me vendría mal —dijo
Ricitos Dorados, empezando
a comer del tazón más grande.

Pero la avena del tazón grande estaba demasiado caliente.

—¡Aayyyy! —gritó Ricitos Dorados, y la escupió en seguida.

Luego probó la avena del tazón mediano. Pero esa avena estaba demasiado fría.

Después Ricitos Dorados probó la avena del tazón pequeño, y ésa estaba *justo*…ni muy caliente ni muy fría.

En realidad, le gustó tanto
que se tragó todo.

Sintiéndose llena y satisfecha, Ricitos Dorados
pensó que sería muy divertido mirar todo a su
alrededor. Pronto notó un montón de áspero pelo
pardo por todas partes.

—Deben de tener gatitos —se dijo.

En la sala había tres sillas.

—No me vendría mal —dijo, trepándose
a la más grande.

Pero la silla más grande era muy dura
y no pudo ponerse cómoda.

Luego se sentó en la silla de tamaño mediano.
Pero la encontró demasiado blanda (y le pareció
que *nunca* podría levantarse de ella).

Después Ricitos Dorados se sentó
en la silla pequeña, y la encontró *perfecta*…
ni demasiado dura ni demasiado blanda.
En realidad, le gustó tanto que empezó
a mecerse…y mecerse…
¡hasta que la silla se rompió en pedazos!

Con todo ese mecerse, Ricitos Dorados
quedó bastante cansada.

—Me gustaría echarme una siestecita —dijo,
y se puso a buscar un lugar confortable
para tomar su siesta.

Arriba había tres camas.

—No me vendría mal —dijo Ricitos Dorados,
y se subió a la más grande.

Pero la cabecera de la cama grande era
demasiado alta.

Luego probó la cama de tamaño mediano.
Pero la cabecera de esta cama era muy baja.
Entonces Ricitos Dorados probó la cama pequeña,
y ésta era *perfecta*. Pronto estuvo cómoda y calentita,
y profundamente dormida. No oyó a los osos
que volvían a casa.

Los tres osos tenían mucha hambre.
Pero cuando entraron para tomar su
desayuno, ¡no podían creer lo que veían!

—¡Alguien ha tocado mi
avena! —dijo Papá Oso.

—¡Alguien ha tocado *mi*
avena! —dijo Mamá Osa.

—¡Alguien ha tocado mi
avena! —dijo el Niño Osito—
¡Y se la comió toda!

En la sala,
los tres osos se llevaron
otra pequeña sorpresa.
　—¡Alguien estuvo sentado
en mi silla! —dijo Papá Oso.
　—¡Alguien estuvo sentado
en *mi* silla! —dijo Mamá Osa.
　—¡Alguien estuvo sentado
en mi silla! —dijo el Niño Osito—
¡Y la hizo pedacitos!

Los tres osos subieron al piso de arriba
en puntillas (pues no sabían qué podían
encontrar). Al principio, todo parecía estar
bien. Pero entonces Papá Oso se acostó
en su gran cama de bronce.

—¡Alguien estuvo acostado en mi cama!
—exclamó. Aquello no le hacía ninguna gracia.

—¡Canastos! —exclamó Mamá Osa—
¡Alguien estuvo acostado en *mi* cama!
—¡Miren! —gritó el Niño Osito—
Alguien estuvo acostado en mi cama.
¡Y todavía está ahí!

—¡Pero qué es esto! —rugió Papá Oso.

Ricitos Dorados se despertó sobresaltada. Y los ojos casi se le salieron de la cabeza. Pero antes de que los osos pudieran exigir una explicación, Ricitos Dorados había saltado de la cama,

saltaba por la ventana y corría hacia su casa.

—¿Quién *era* esa niña? —preguntó el Niño Osito.

—No tengo idea —dijo Mamá Osa—. Pero espero que nunca volvamos a verla.

Y nunca más la vieron otra vez.